고통을 달래는 순서

고통을 달래는 순서

김 경 미 시 집

창비

차 례

제1부

당신이라는 근거

이러고 있는,

　비가 자운영꽃을 알아보게 한 날이다 젖은 머리칼이 뜨거운 이마를 알아보게 한 날이다 지나가던 유치원 꼬마가 엄마한테 지금 이러고 있을 때가 아냐 엄마, 그런다 염소처럼 풀쩍 놀라서 나는 늘 이러고 있는데 이게 아닌데 하는 밤마다 흰 소금염전처럼 잠이 오지 않는데 날마다 무릎에서 딱딱 겁에 질린 이빨 부딪는 소리가 나는데 낙엽이 그리움을 알아보게 한 날이다 가슴이 못질을 알아본 날이다 지금 이러고 있을 때가 아닌데 일생에 처음 청보라색 자운영을 알아보았는데

　내일은 정녕 이러고 있을 때가 아닌데

야채사(野菜史)

고구마, 가지 같은 야채들도 애초에는
꽃이었다 한다
잎이나 줄기가 유독 인간 입에 달디단 바람에
꽃에서 야채가 되었다 한다
달지 않았으면 오늘날 호박이며 양파들도
장미꽃처럼 꽃가게를 채우고 세레나데가 되고
검은 영정 앞 국화꽃 대신 감자 수북했겠다

사막도 애초에는 오아시스였다고 한다
아니 오아시스가 원래 사막이었다던가
그게 아니라 낙타가 원래는 사람이었다고 한다
사람이 원래 낙타였는데 팔다리가 워낙 맛있다보니
사람이 되었다는 학설도 있다

여하튼 당신도 애초에는 나였다
내가 원래 당신에게서 갈라져나왔든가

혼선

나비들, 장미꽃 속으로 들어가 국화 줄기 물고
나오는 것 봤다

동백꽃에 발 담근 벌들, 줄무늬 새끼고양이
뱉어내는 것 봤다

오려고 온 게 아닌 길들
나를 혹 다른 사람한테 잘못 집어넣었거나
나 누군가를 잘못 입은 건 아닐지
나비며 동백꽃과 들국화 닮은 새끼고양이 같은
것들한테

잘못 걸려온 전화였어도 이젠 어쩔 수 없지만

다음 생에선
전화 좀 제대로 하거나 받으라는 것

다정에 바치네

당신이라는 수면 위
얇게 물수제비나 뜨는 지천의 돌조각이란 생각
성근 시침질에 실과 옷감이나 당겨 우는 치맛단이란
생각
물컵 속 반 넘게 무릎이나 꺾인 나무젓가락이란 생각
길게 미끄러져버린 검정 미역 줄기란 생각

그러다
봄 저녁에 듣는 간절한 한마디

저 연보랏빛 산벚꽃 산벚꽃들 아래
언제고 언제까지고 또 만나자

온통 세상의 중심이게 하는

다정이 병인 양

1

매일 기차를 탑니다. 거짓말입니다. 한주일에 한번씩 탑니다. 그것도 거짓말입니다. 실은 한달에 한번쯤 탑니다. 그것은 사실이었으면 좋겠습니다. 날마다 사실을 바라는 건 배신을 믿기 때문입니다. 꽉찬 배신은 꽃잎 겹겹이 들어찬 장미꽃처럼 너무 진하고 깊어 잎잎이 흩어놓아도 아름다울 뿐 다른 방도가 없다 합니다.

2

산수유가 빨갛게 동백꽃을 떨어뜨립니다. 흰 목련이 거짓말을 하더니 샛노란 은행나무가 됐습니다. 정말입니다. 사람 안에는 사람이라는 다민족, 사람이라는 잡목숲이 살아 국경선을 다투다 갈라서기도 하고 껴안다, 부러져 못 일어나기도 합니다. 꽃필 때 떨어질 때 서로 못 알아보기도 합니다.

3

　당신은 세상 몰래 죽도록 다정하겠다, 매일 맹세하죠. 거짓말이죠. 세상 몰래가 아니라 세상 뭐라든이 맞죠. 아시죠. 이것도 거짓말. 사실은 매일이 아니고 매시간이죠. 매시간마다 거짓말을 하는 건 진실이 너무 가엾어서죠. 나사처럼 빙글대는 거짓말은 세상과 나를 당신을 더욱 바짝 조여줍니다.

4

　진흙으로 만든 기차 같죠 어디든 가겠다 하고 어디도 가지 못하죠 다정이 죽인다 매일 타이르죠 종잇장 같은 거짓말에 촛불이 닿을 듯 말 듯 촛농같이 흘러내리는 다정, 뜨거움이 차가움을 잡는지 차가움이 뜨거움을 모르는지 알 수는 없지만, 여하튼 다정이라는 거짓말 죽지요. 죽이지요.

고통을 달래는 순서

토란잎과 연잎은 종이 한장 차이다 토런(土蓮)이라고도
한다

큰 도화지에 갈매기와 기러기를 그린다 역시 거기서
거기다

누워서 구름의 면전에 유리창을 대고 침을 뱉어도 보
고 침으로 닦아도 본다

약국과 제과점 가서 포도잼과 붉은 요오드딩크를 사다
가 반씩 섞어 목이나 겨드랑이에 바른다

저녁 해 회색삭발 시작할 때 함께 머리카락에 가위를
대거나 한송이 꽃을 꽂는다 미친 쑥부쟁이나 엉겅퀴

가로등 스위치를 찾아 죄다 한줌씩 불빛 낮춰버린다

바다에게 가서 강 얘기 하고 강에 가서 기차 얘기 한다

뒤져보면 모래 끼얹은 날 더 많았다 순서란 없다

견딘다

사랑의 근거

그해 여름,
꽃무늬 비닐장판 같은 게 인생에 마구 쏟아져들어왔다
밤 열두시 십분의 택시기사는 차를 마시자며
이대로 헤어지면 다시 만날 확률이 7만 5천 분의
1,이라고
어디 근거인지 모르겠으나,

75만 분의 1인 사랑도 매일 그냥
스쳐간답니다
(정육점 빛깔의 6월 장미들 면장갑 낀 손으로 매일 가
슴 부위를 손질하고 나도 더러 누군가를 손질하지만 통
증의 근거 또한 아직 알 수 없답니다)

태양과 나와 장미와 택시와 면장갑 들이
매일 서로 다른 확률의 근거를 호소하던 날들
달팽이무늬의 낙엽들 몇번쯤 지나면 비닐꽃무늬도
잦아들겠으나

택시가 또다른 여자에게 건넬 확률은 99퍼쎈트
어떤 여자가 그에 응할 확률은

모르겠으되,

7천 5백만 분의 1로 마주쳐도
스치고 마는 눈빛도 있답니다
(우리가 만난 건 어쩌면 0퍼쎈트의 확률 덕분!)
어디에도 무엇에도 아직 아무 근거도
모른다 합니다 늘 지독한 비닐꽃무늬의 여름들이라 합
니다

조금씩 이상한 일들 1

연필깎이칼로 온 부엌일 다 하는 친구가 해준 저녁밥을 먹고 온다 성찬이다 칼의 크기는 제 등에 꽂힐 깊이의 크기이다

발 헛디디자 손가락 가운데가 찢어진다 두툼한 붕대 위 분홍 고무장갑 끼고 세수하자 상처 덕분에 상처 이긴 듯 저 높은 붉은 칸나꽃처럼 기쁘다

일몰 전 가진 것 다 기차로 개조해야 한다 수평선이고 지평선이고 능선이고 구름이며 나무들의 소실점 그 끝까지 다 떠나야 한다며 서성이는 그림자를 알아본다

고생대 은행잎 화석사진과 내 위벽에 찍힌 당신의 말투와 기차와 물고기와 저녁의 흔적들 겹친다 시간이 찍어준 사진첩을 따라 가끔 혀 너머로 당신 냄새가 올라온다

그 칸나와 기차와 은행잎들과 그 냄새, 허공이 베껴가지 않도록 입 꾹 다문다

멸치

잡아도 잡아도 멸하지 않는다 하여 멸치라 했다 한다

그렇다면
연보랏빛 오월의 라일락나무들도 멸치다
유월, 담벼락에 온통 줄도장 찍는 줄장미들도 멸치다
그때마다 자궁 속 다시 나오고 싶은 여자도 멸치다
그 밤마다 치마 속 다시 들어가고 싶은 남자들도 멸치다

저 파닥이는 흰구름도 빗물도 빗물 적시는 먼지도
무엇이든 다 매만진다는 세월도 추억도
다들 단도처럼 반짝대는 멸치다

당신이라는 세상, 그 수상한 것만 빼면

겹

1

저녁 무렵 때론 전생의 사랑이 묽게 떠오르고
지금의 내게 수련꽃 주소를 옮겨놓은 누군가가 자꾸
울먹이고

내가 들어갈 때 나가는 당신 뒷모습이 보이고
여름 내내 소식 없던 당신, 창 없는 내 방에서 날마다
기다렸다 하고

2

위 페이지만 오려내려 했는데 아래 페이지까지 함께
베이고

나뭇잎과 뱀그물, 뱀그물과 거미줄, 거미줄과 눈동자,
혹은 구름과 모래들, 서로 무늬를 빚지거나 기대듯

지독한 배신밖에는 때로 사랑 지킬 방법이 없고

3

그러므로 당신을 버린 나와
나를 버린 당신이 세상에서 가장 청순하고 가련하고

늘 죽어 있는 세상을 흔드는 인기척에 놀라 저만치
달아나는 백일홍의 저녁과
아주 많이 다시 태어나도 죽은 척 내게로 와 겹치는
당신의 무릎이 또한 그러하고

조금씩 이상한 일들 2
저녁의 답장

1

생각도 늦고 시계도 늦었다 강의하러 뛰듯 걸으며 '시
창작가는길' 답장한다는 게 낡은 휴대폰 자음 하나 덩달
아 뒤로 늦춰지면서 '시창자까는길'로 간 모양이다 나날
의 위선이 가시연꽃의 연못물이어서 비린 속어들 입도
안 댔는데 닳아빠진 손가락이 끝내 말썽이다

비바람 세찬 날 고속열차 차창에 가로로 부딪는 빗물
들 꼭 정자 올챙이들이다, 어떤 생을 만들러 저토록 안간
힘인가, 목숨이란 치달리는 차창에 부딪쳐 얻는 몇억 분
의 일의 빗방울 아무나 얻는 답장도 아니건만 혹, 내 아
버지인가, 앞을 막아볼 새도 없이 휙휙 써지는 나,라는
차창의 빗물을 본다

거짓말 하나 안 보태고 시계를 찼는데 잊고 다른 시계
를 소매 끝에 덧차고 나간 날이, 거짓말 하나도 안 보태

고 비슷한 검정구두를 짝짝이로 신고 나간 날들이 있다
선물 받은 그릇이 아무리 봐도 플라스틱인지 사기인지
성분 표시가 없다 하니 답장이 왔다 불속에 넣어봐

    2

   그 많은 날들 그렇게 불속에 집어넣고 그 잿가루 찍어
낡은 기차와 빗물과 시계와 손목과 그릇들에게 다시 쓰
는 저녁의 답장들,

   흰 봉투 가득한 목련나무가 수신인이다

고요에 바치네

내가 어리석을 때 어리석은 세상 불러들인다는 것
이제 알겠습니다

누추하지 않으려 자꾸 꽃 본다 꽃 본다 우겼었습니다

그대라는 쇠동전의 요철 닳아
없어진 지 오래건만

라일락 지는 소리들 반원의 무덤이던 아침부터
대웅전 앞마당 지나는 승려들 가사먹빛 다 잦아들던
저녁, 한여름의 생선 리어카와 봄의 깨진 형광등과
부러진 검정 우산 젖어 종일 접히지 않던 검은 눈동자
까지
다 내가 불러들인 세상임을

그 세상의 가장 큰 안간힘,
물 흔들지 않고

아침 낮과 저녁 발 씻는 일임을

이제야 알겠습니다

누가 사는 것일까

1

약속시간 삼십분을 지나서 연락된 모두가 모였다
다들 국화꽃잎처럼 둥그렇게 둘러앉아서 웃었다
불참한 이도, 더 와야 할 이도 없었다
식사와 담소가 달그락대고 마음들 더욱
당겨앉는데

문득 고개가 들린다 아무래도 누가 안 온 것 같다
잠깐씩 말 끊길 때마다 꼭 와야 할 사람 안 온 듯
출입문을 본다 나만이 아니다 다들 한번씩 아무래도
누가 덜 온 것 같아, 다 모인 친형제들 같은데, 왜
자꾸 누군가가 빠진 것 같지? 한번씩들 말하며

두 시간쯤이 지났다 여전히 제비꽃들처럼 즐거운데
웃다가 또 문득 입들을 다문다, 아무래도 누가 먼저
일어나 간 것 같아 꼭 있어야 할 누가 서운하게도 먼저

가버려 맥이 조금씩 빠지는 것 같아

　2

누굴까 누가 사는 것일까 늘 안 오거나 있다가 먼저 간
빈자리 사람과 사람들 사이의 그 기척은 기척일 뿐
아무리 해도 볼 수 없는 그들에겐 우리도 기척일 뿐일까
아무리 다 모여도 언제나 접시의 빠진 이처럼

상실의 기척, 뒤척이는 그들은

만유인력

사람들이 달걀처럼 앞뒤 분간 안된다 여긴 때가 있었다
내 마음 달걀처럼 쉽게 깨진다 여긴 때도 있었다

사랑은 싫어 이별이 나는 좋아 그래서 자꾸 사랑하지 노
래하던 때도 있었다
너무 받으려는 것만큼 너무 받는 것도 천하다 노래하
던 때도 있었다

고층건물 창밖으로 마음 던지고 따라 도망가려 했던
적도 있었다
흙투성이 바닥에 팽개쳐진 그 얼굴 거둬와
사과 깎아먹인 적도 있었다

마음에 없는 철학에 문 열어준 적도 있었다
얼룩이 얼룩말에 근사한 무늬 넣는 것 도와준 적도 있
었다

촛불인지 빗물인지 몰라
양 끝을 잡고 당겨본 적 또한 있었다

한낮, 대취하다

아침부터 벌써 골목 끝 이른 듯 개들 돌아나온다
나비 지나간 자국은 바람만이 안다
시간이 파헤쳐놓은 길은 전기공사인지 하수도공사인
지 지나는 행인에겐 구별 없다
슬픔이 쓰레기인지 달빛인지 죽은 자만이 말해야 한다

광화문 식당 초면의 점심약속 어색함들 지우려 낮술들
을 마시니, 한 남자가 슬프다 한다, 흰 치자색 햇빛이 기
차표 담긴 잔을 건네며 다들 도망가라 떠미니, 견딜 수
없음으로 견디자느니, 등뒤의 그리움 알고 보니 눈앞의
들소떼라느니, 흰 와이셔츠 소매 끝이 너무 더럽다느니,
한 남자 또한 기어이
울고 싶다 한다

한낮 더욱 맹렬히 환해져가고, 내다보이는 마당에 어
린 날의 송사리 조약돌 비치던 뜨거운 여름 시냇가 모래
밭에 번지고 전염된 슬픔에 다 같이 떠나버리자고 한낮

이 이렇게 치명적인 줄 몰랐다고 기차들 마당으로 분꽃이며 해바라기들 데려오는데

기차문 열리는 순간 기차 벌써 떠나버린 듯 치자꽃처럼 환해도 무어라 한마디인들 천기누설할 수 없는 한낮 몇천년부터의 하루가 가지 않은 채 오늘을 바꿔치기하다 그 손목 딱 들킨 듯 누적된 날들을 물어낼 마당이 너무 깊으니,

모두 다 대취한 한낮, 봄날은 안 가고 또 안 가니

환상

새 도마를 샀다, 토끼무늬들이 피크닉을 가고 있다
도마일 뿐이지만 내 음식 밑에서 언제고
그들의 신발과 피크닉 가방이 나뒹군다
라일락무늬 나무받침에 뜨거운 냄비 얹다가
라일락꽃들 비명에 냄비를 놓친 적도 있다
문 열린 것들과 닫힌 것들이 뒤죽박죽이 되어간다

자운영꽃잎의 물방울들 나에게 더 잘 전해지듯이
나 그대에게 더 잘 전해지지 않듯이

제2부

맥락 없는 말을 하다

그런 말들이 1

저기 등뒤로 가까이 다가서는 저 친구를 조심하세요
오랜 친구를 가리키던 그 혀 실은 사랑이 아니었어 너도
처음부터 아니었잖아 횡단보도 앞 낯선 연인의 비껴버
린 가슴 단추 자리에 달린 압정들 거기 찔려 신호등 붉어
지는

그런 말들

가을 폭우 속 젖은 단풍 같은 전화기 너머 끝내 아무 말
없는 발신인 그 귀에 익은 침묵의 소리 잘못 걸려온 자벌
레의 주판 눈금 같은 매일의 행복과 항복 사이 샛노란 은
행잎 색깔로 떨어지는 달력과 오후 네시 반의 다리 저는
책상과 여름 우유처럼 쉽게 상해가는 여행 티켓과 어느
길에선가 쓰레기처럼 버려질 저녁노을들

그런 말들

그런 말들이 2

모두가 받았다는 초대장 끝내 도착하지 않은
저녁의 현관 우편함

현관 너머까지 불려온 낙엽들 그러모아
빈 우편함에 넣는다

그러면 되었다 그러면 되었다는
그런 말들

맥락 없음에 바치다

고난이야말로 매혹의 벨벳 검은 미망인 기품으로

다 쓴 이쑤시개처럼 봄 햇빛들 쏟아지는

내 무덤엔 강물 같은 나사못들, 잔디떼의 잔못질들

버드나무같이 휘어진 노을

허공을 파나가는 광부 나비

코끼리처럼 펄럭대는 내상(內傷)

탁구공처럼 짧은 흰색 스커트

초코시럽 같은 밤

추억이 새하얀 소금처럼 돋아나올 때*

아무 맥락 없다 없는 맥락이 늘 사람을 잇고 사랑을 떨어뜨리고 세월을 줍는다 맥락 없음의 평화와 신비 저녁이라는 모종삽과 어금니에 바친다 찾지 마라 나라는 맥락 끼울 곳 없어 맥락을 잡아야만 살았다 느끼는 사람들아 나는 아무런 일목요연함도 없어 즐겁다는 것 제때 진심이라는 물 먹지 못해 타드는 혀라는 화분

　끝내 목요일에 온 전화 따위는 다 헛말이었다

* 한 시인이 나의 시 열 편을 해설하면서 추려내놓은 구절들을 그대로 가져왔다.

사람 시늉

난 영 틀렸다—삼일쯤 연이은 사람 약속엔 사람인 게
고통이 된다
커피 한모금에도 일주일의 잠이 고단해진다
하루의 불면은 열흘치 시든 과오들에 물을 준다
다 알면서도 나흘째 목요일에도 커피를 시켰다
아니나 다를까

밤 한시 삼십분, 동료 드라마작가가 힘없이 전화한다
멜로드라마 잘 안될 땐 무조건 배신 얘기 쓰라는데
재밌는 배신 좀 없나요?

심야 두시 오분, 기혼의 친구가 흐느껴운다
나 너무 오래 외로우니 무슨 짓이든 해도 되겠지

물속에 못을 떨어뜨린 자들만이 잠 못 이루는가
못에서 꽃을 기다리는 자들만이 서성이는가
누군가는 연꽃과 기도를 얻기도 하는 불후의 시간

차라리 더 캄캄한 어둠을 기다리는 저 먼 한강대교의
불빛 얼룩들
　모든 게 영화쎄트장의 시늉 같건만 오지 않는 잠은
　짐짓 해보는 연기가 아니다 과오들 또한 늘 그렇듯

　멜로영화 속 추억의 회상장면이 아니다

상심

저녁밥 빛깔로 입속에 앉힌 묵언
그 재속(在俗)의 하얀거 며칠
지나
고양이 걸음에 연꽃 떠받치듯 나선 외출

한 시간도 채 되지 않아

가슴에 대못이 박혀 돌아왔다

잘 모른다

1

정류장 앞 교회, 푸른 포플러나무에다 '주차금지'
흰 아크릴을 네 귀퉁이 단단히 못질해놨다
누군들 못질에서 자유로울까만은 그들은 그리고 나는
언제나 무슨 짓을 하는가 바람 속 칸나꽃들이 빼드는
대못들 길고 붉기도 하다 빈 못자리마다

잊고 싶은 일들 하나씩 옷 걸려 있다

2

늙은 엄마가 지금까지 줄창 원하는 건 딱 하나 주일예
배 참석확인용 대답이다 일찍이 잘 따르지 않은 나는
웃자랐거나 잘 안 자랐다, 지금도 늙은 엄마는 일요일
예배마다
내 형편없는 어른 키가 다시 자랄 수 있다고 믿는다

3

구중궁궐의 한정식집 향목 십이첩반상 앞 사람들
올해 목표는 온전한 인간이라 다정히들 합의했건만
수정과 후식쯤에서 말싸움 났다 종업원들 웃고
인간들 서로 온전할 수 없다는 약속을 잠시 잊었으니
침 삼킬 때마다
녹슨 못의 검붉은 소라 비린내 따라

이해할 수 없는 일들 하나씩 풍겨올라왔다

4

내 사랑의 겉묘엔 선혈의 망치못들, 잔디떼의 잔못질
들 그 속 반달의 흙뚜껑 들솟도록 너무 많이 죽거나 너무
많이 죽인 나와 당신의 시신들 여전히 푸르고 성성하니
고르지 못한 처신과 처사들 사이 못질 좋은 모서리들 가

득한데 나 하나 걸어둘 대못 하나 아직 단단치 못한 나는
마냥 쓸모없는 인간 같아요 위로나 두둔 따위 마세요 알
지도 못하면서 어느덧 오늘도 귀신이 나타난다는 자정
이다 잊고 싶지 않은 일들 벽에 못질해두는 일 따위

  이젠 하지 않지만

그날의 배경

몇날이고 수도승처럼 눈만 감다가 모처럼 나섰다
나서다가 누군가가 머리에 박은
10센티짜리 대못을 꽂은 채 떠도는
고양이 뉴스를 봤다
빼려고 얼마나 부볐는지
핏속 못이 조금 헐거워졌다고 했다 사람이 동물을
얼마나 낙담시키는지 이미 잘 알고 있다

다정한 모임 속 네가 갑자기 내 머리에 못을 박았다
그 대못 얼버무리려 괜한 웃음을 웃느라
이마와 코가 헐거워졌다,
너무 가깝거나 멀어 몹쓸
사이도 아닌데 인간이 인간을 얼마나 낙담시키는지
이미 잘 알고 있다

잘 알고 있는데도 뺨으로 눈썹이 흘러내렸다
나는 확실히

사람과 잘 안 맞아 어떻게 사람이어야 하는지
잘 모르겠다고

죽은 척하는 순간
고양이가 내 두 손을 지목한다

먼지

저 깊고 큰 세계를 다 읽어낼 수 있을까 매끈한
창유리 가득 오늘도 얼룩말이며 수선화 피었다
텅 빈 구석엔 어김없는 만삭의 검정 고양이들
뿌연 어린것들 잔뜩 풀어놓고 털실뭉치 따라 뛴다
날마다의 그 놀라운 회색빛 창세기,
오늘은 좀 천천히 소리내어 읽어본다

  아침 화장대 앞에서 먼지를 바르거나 그려넣고
  지갑에서 먼지를 꺼내어 참 비싸기도 하다 커피나
  수박값을 치르고 오는 길에 먼지 좀 태워올래?
  먼지의 취직을 부탁하거나 먼지로 지은 언덕 위 새
  집에 부자 되세요 흰 먼지 거품과 불길 잔뜩 들고 가
  한바탕 차려낸 먼지를 실컷 먹고 마시며 먼지 순으로
  노래도 부르고

  그럴 리 없다 한 먼지가 죽었다는 부음 검은 먼지를
  갈아입고 교통체증에 서버린 먼지들의 경적소리를

듣다가 돌아와 식탁 위 몽실몽실한 먼지로
아이먼지를 만들거나 남편먼지가 다른 먼지를
사랑한다고 친구먼지가 전화해 울 때 나라는 먼지는
시라는 먼지를 쓰고

온 세계에 그렇게 한도 없이 내려앉는
저 창세기, 끝까지 다 독서해낼 수 있을까

구멍

어디선가 쇠 닳는 소리가 들린다 나무가 닳는
소리 꽃이 닳는 소리 물이 닳아지는 소리 입이
닳는 소리 닳아 없어지는 것들은 어디로 가는 걸까
구름과 심장이 닳아 없어지는 소리 있음은 어디로 가
없음이 되는 걸까 쓰레기 모이는 난지도처럼
사라지기 위해서만 모이는 곳도 있을 텐데 수영장 물
빠지는 구멍처럼 있음도 한곳에 몰려
사라지는 관이 있을 텐데

입관되어 내려가는 있음들의 동그란 입은
그 어느 없음의 무덤에 있는 것일까

바닷가 절, 불타다

서울서 나도 자주 깡그리 불탔었는데

네 전소(全燒)의 흑단 광채 보니
그건 화염도 소실도 아니었구나

부처님 얼핏 혹하실라
세세연년 어둠을 복토하는 업의 검은 화엄 작렬,

그 옆 청색바다에 치지직,
저녁 해도 마음 식히는구나
뜨거운 수평선 비로소 붉게 다비되고

내 안의 서까래 기둥 한 채
비로소 제대로 불붙어 무너져내리는구나

질
개작

어머니는, 옷은 떨어진 걸 입어도 구두만큼은
비싼 걸 신어야 한다 아버지는, 소고기는 몰라도 돼지
고기만큼은 최고 비싼 질을 먹어야 한다
그렇다 화장하다 만 듯 사는 친구도, 생리대만은
최고급이다 먹는 입 하찮아도 칫솔에만큼은 돈을 아끼지
않는 누구는 귀를 잘라 팔지언정 음악만은 기어이 좋
은 걸 산다
　다들 세상의 단 하나쯤은 질을 헤아리니

그렇다 라일락꽃들의 불립문자 탁발의 봄밤 혹은 청색
다도해의 저녁 일몰이야말로 아니다 연애야말로 삼각
관계야말로 진정 질이 전부이다 고난이야말로 매혹의
우단 벨벳 검은 미망인 기품으로 잘 지어 입혀야 한다
몸이야말로 시계를 꺼낼 수 없는 곳 영혼이든가?
　기도야말로
　그렇다! 품종이 좋은 하늘을 써야 한다 관건은, 가장 비
싼 것 하나쯤엔 서슴없이 값을 치르니

귀함이 곧 가장 싼 셈, 목숨만큼은 정말 제대로 값을 치
르라고

　다 쓴 이쑤시개처럼 봄 햇빛들 쏟아지는 오후
　싸구려 플라스틱용품들 한없이 늘어놓아진 봄길에
　값이여, 말 너무 많이 하지 말아라

눈물의 횟수

내 집 낡은 뻐꾸기시계는 제 울음의 횟수가 따로 있다
밤 한시에 갓난애처럼 열 번 스무 번 깨어 울거나
아홉시에 달랑 한번만 탁, 침 뱉고 들어가거나
다음날 정오엔 절마당 동백꽃 속에 빠진 채 아예 잠잠
하거나

　나 또한 나만의 눈물의 횟수가 따로 있으니

　안심할 때만 골라서 뒷머리에 돌을 맞거나
　시작하려 하자마자 떠나거나
　애절하되 차마 입이 떨어지지 않거나
　한밤중에 깨어 일어나 찬밥을 먹거나
　한낮의 버스에서 쇼핑백 터지듯 울음이 터지거나,

　스무살에는 서른을 대고
　서른엔 스무살인 척했거니

첫눈에 눈물의 횟수를 알아맞힌 그 새와 나,

번번이 땅에 떨어지는 얼굴이며, 다음날 약속을
전날에 나가 자처하는 이별 통첩이며, 내일의 줄거리를
다 발설하고 마는 어제 따위까지

다른 시간들은 다 아무래도 좋았다

해 진다 어디에나

저녁 해 진다 어디에나 등불 켜지는 것 아니다
라일락나무 밑
수없는 누더기의 밤을 거치고도
세상 어디에도 저녁 등불 한점 켜지지 않고

발뒤꿈치 같은 바닥이다 찾아간 남쪽 다도해의
밤들도 끝내 별빛 한점 풀지 않고
기러기 한점 풀지 않는

해 진다 어디에나 불빛 돋는 것 아니어서

저 먼 구두수선소 같은 인가의 소금빛 불빛들이
끝내 기적 같기만 하여
처음부터 다시 시작해야 하는가

불에 손을 넣듯 라일락 누더기 밑으로 돌아가야 하는
저녁이 있다

글씨의 시절
방송국에서

여느 때처럼, 글이 아닌 글씨라며 휘갈겨쓰다가,
갑자기 눈물이 핑, 돌았다

수놓은 천의 뒤쪽, 무늬도 못되는, 지저분한 실밥들,
 터진 스웨터 올 끝없이 풀어 되감는, 두툼한 실패(失
敗),
 꽃 그렸다, 꽃 잘 오무려 보내면, 종이 위에 가서
 화다닥, 지렁이로 풀어지는 날마다의
 환전(換錢)

 그토록 낮춰봤는데

바로, 그 지렁이 환전이, 밥솥의 김 같은 것이어서
그토록 오래도록 저녁 해거름이면 밥 먹어라,
나라는 동네 어귀에 대고 어머니처럼 불렀구나
검은 글씨의 눈물이,
손 밑 백지의 나귀등 위로 울컥, 얼룩지는 것이었다

환골

뛰거나 걷는 것 무조건 길이 되지 않음을 아니
어디든 턱없이 오래 서 있거나 물끄러미 바라봅니다

미처 우산 챙기지 못한 길에 뜨거운 비 내려도
그 비 다 그치도록 몇년일 듯 낯선 차양 밑에 서고
빗물들 지나간 자리 들어선 시베리아산 눈발에도
다시 평생일 듯 차양 밑에 섭니다

그렇게 더디 더디게 찾아간 섬의 어머니 집
마당엔 눈발 다 그치고 어느덧 소한 추위인데
채 못 떠난 장미꽃 몇송이 겨울 화단에 남았습니다
새까맣게 들끓는 벌레들에 반 넘게 파먹힌 채
모욕을 견디느라, 꼭 다문 입술들 온통 다 헐은 채
제때 손 못 놓고 떠나지 못한 값을 치루고 있습니다

그 흉한 얼굴 들여다보며 다시 또 차양 밑에 서 있길
몇겁이 지났던가요

문득 놀란 듯 봄이 오고
여전히 마당에 머문 내 눈이

비로소 그들의 환골탈태,
산사 처마 밑 단청이 되어가는 뿌리와 바람의
그 다정한 자리바꿈을 알아봅니다

남은 건 이제 춘분에서 소만(小滿)까지,
내 차례의 환골(換骨)임을 차양 밑 한순간이 알아봅니다

무언가를 듣는 밤

비천과 험담 그치지 않는 입을 만났다
찻집 화장실에 가서 입을 몇번이고 헹궜다
다 헹구고 거울 속 입안을 들여다보니 혀가 두개였다

적작약 백작약은 꽃색깔이 아니라
뿌리 빛깔에 따라 구별된다지만
작약은 언제나 작약을 만나고
사람은 언제나 자기 입을 만나는 것
어디 멀리 가지 못하고 맞은편 입속에서
작약 아닌 제 혀를 만나는 것

그럼에도 작약꽃 바람도 없이 작약나무 벗어나는
발소리 있어
길고도 진한 그 흔적 따라나갈 수 있을 듯하여
귀 안에 조약돌 같은 작약잎 몇개 집어넣고

밤마다 무언가를 듣는다

제3부

미안하다 저녁이여

변덕

촛불에 컵 덮듯 탁, 물 부어버렸다가

젖은 촛불 들고 나가 종일 바람에 말리다가

나는 이곳에 속하지 않는다

나는 늘 빗나가는 꿈을 꾸지 라일락 꽃피는 오후에 세상은 항상 내 꿈과 다르고 세상도 나를 꿈꾸지 않을 것 같은 미몽의 달 I don't belong here* 내 노래를 그들이 부르다니 그들 노래를 내가 오늘 다시 부르다니 다섯 개쯤의 노래와 세 가지쯤의 꽃나무들과 저녁이라는 이름 하나면 이곳에 속했던 추억 충분히 벅차다고

그럼에도 기어이 돌아와 다시 또 살아보련다 미몽을 기웃댄다지

* 그룹 'radio head'의 「creep」 중에서

봄, 무량사

무량사 가자시네 이제 스물몇살의 기타소리 같은 남자
무엇이든 약속할 수 있어 무엇이든 깨도 좋을 나이
겨자같이 싱싱한 처녀들의 봄에
십년도 더 산 늙은 여자에게 무량사 가자시네
거기 가면 비로소 헤아릴 수 있는 게 있다며

늙은 여자 소녀처럼 벚꽃나무를 헤아리네
흰 벚꽃들 지지 마라, 차라리 얼른 져버려라, 아니,
아니 두 발목 다 가볍고 길게 넘어져라
금세 어둡고 추워질 봄밤의 약속을 내 모르랴

무량사 끝내 혼자 가네 좀 짧게 자른 머리를 차창에
기울이며 봄마다 피고 넘어지는 벚꽃과 발목들의 무량
거기 벌써 여러번 다녀온 늙은 여자 혼자 가네

스물몇살의 처녀, 오십도 넘은 남자에게 무량사 가자
가면 헤아릴 수 있는 게 있다 재촉하던 날처럼

7월, 넝쿨장미, 사랑

녹색 나뭇잎들마다 마악 투우 끝낸 붉은 소들 여기저
기 주저앉아 있다
햇빛은 어제보다 각진 은박지들 쏟고
검은 숨 기차처럼 들락이니
나팔꽃 피는 소읍에 가 어깨보다 낮은 담벽에 들리라
서해 저녁 하늘에 젖은 이마 영영 맡기리라

했는데,

불났다
너무 뜨거워

나도 내 가까이
못 간다

조금씩 이상한 일들 3

1

밤이면 가끔 플라톤의 '시인추방론'을 다시 읽는다
치자(治者)를 계속 치자꽃으로 읽는 건 흰꽃이 내는
노란 물감의 이치 같은 것 때론 누가 식목했는지 모를
마음의 통치자들 자욱해 아무것도 읽히지 않는다

2

단체버스, 늘 맨 뒷자리에 혼자 떨어져 앉는다
내 귀가 어색하고 허랑한 내 말을 좋아하지 않아
내 입과 좀 멀리 떨어져 앉으려는 것이다

3

무슨 말끝엔가 난 침울할 때가 좋아요, 내가 말했단다
슬픔이 웃음보다 나음은 얼굴에 근심함으로
마음이 좋게 됨이니라* 경전을 흉내냈을 뿐인데

이상한 사람이라고 생각했단다

    4

가끔씩 허공에 떠 있는 투명의 점토색 노루나 청색
달개비꽃이 보인다 손끝에 물을 묻혀 허공에 튕길
때마다 그들 목을 축여준 듯 나 조금씩 달라진다

    5

해 지는 저녁이면 한쪽 어깨에서
크고 작은 못들이 가만히 빠져나간다
액자처럼 몸 기울어 물받이통 내려가는 물처럼
버려지는 것들

언제나 조금씩 기운 것들이 나를 지킨다

*「전도서」 7장 중에서

물의 미제(未濟)

1

사우나 마룻장 벌거벗은 호박잎 보살들 화투친다 이건
경찰서 앞에서도 먹어야 해, 내리치는 패 무엇일까
국화 싸리 단풍 공산명월 청홍의 세월 저녁에
물 잃고 불도 잃는 패를 쥔 또 한손
낙화 쇄락에 무엇을 얻은들 다리나 저릴 뿐이라고
아무리 물 들이켜도 불길 꺼지지 않는다는 또다른 손
해거름마다 화투에 피나도록 손 묶지 않으면 저녁마다
남편의 여자집에 전화해 끊고 끊고 또 끊고 끝없이
끊을까봐 모란에 국화에 손을 칭칭 감고 또 감는다며

물로 불 끄지 못하는 그물로 바다를 낚는 저 벌거벗은
몸들의 어업사 두툼한 절간들에 갇힌 울음들, 맥주 놓인
그 곁 끼여들어 다 잃어주고 싶은 저녁이 천천히 저문다

2

그날밤 처음 산 콘택트렌즈 아프리카 초지까지 봐낼
축지법의 그 또렷하고 비싼
흰 나비가 하루도 되지 않아 팔랑,
저녁 세면대 옆 변기바다에 내려앉았다
꺼낼 것인가 물 내려버릴 것인가
몇천년 지나도록 흰 법랑 앞
마음 못 먹어 아직도 앞이 보이질 않는다

3

그 패, 혹 똥이었을까

줄 이야기

아침, 또 분홍빛 동아줄 몇가닥 이마를 간지럽힌다
하나를 서둘러 붙든다
발밑 의자가 순식간에 치워진다

다른 줄에는 비행기표나 쏘파 같은 푸른 나무가 있었
으리라
허공에 매달려 먹은 점심에 체했는지
혀끝을 바늘로 따보고 싶으나

어디선가 화재경보기 소리 쉴새없고
그 소리 따라 투둑 금가는 줄이 불안하기보다 서운한데

어느덧 눈썹 바로 위까지 내려진 천막 걷히고
써커스와 마술의 차이가 드러나는 시간
비로소 줄 끝을 휘청이던 두 팔을 내리면

줄 따위

처음부터 없었다
오직 흰 도화지에 그려진 흰 촛농의 말로
뭐라 뭐라 변명하는
가늘디가는 마음이 있을 뿐이었다

연희

제가요, 외로움을 많이 타서요,
사람들이랑 잘 못 놀면 울어요, 그렇지 민호야?
—11세 소녀가장 연희 인터뷰 중에서

나도 연희야 외로움을 아주 많이 타는데 나는
주로 사람들이랑 잘 웃고 놀다가 운단다 속으로 펑펑
그렇지? (나는 동생이 없으니 뱃속에게 묻는단다)

열한살 때 나는 부모도 형제도 많았는데
어찌나 캄캄했는지 저녁 들판으로 집 나가 혼자 핀
천애고아 달개비꽃이나 되게 해주세요
사람들 같은 거 다 제자리 못박힌 나무나 되게 해주세요
날마다 두 손 모아 빌었더니
달개비도 고아도 아닌 아줌마가 되었단다

사람들이랑 잘 못 놀 때 외로워 운다는 열한살짜리 가장
열한살짜리 엄마야 민호 누나야 조숙히 불행해 날마다
강물에 나가 인간을 일러바치던 열한살의 내가 오늘은

내게도 신발을 주세요 나가서 연희와 놀 흙 묻은 신발
을 주세요 안 그러면 울어요 외로움을 내가요 아주 많이
타서요 연희랑 잘 못 놀면 울어요
  달개비도 천애고아도 아닌 아줌마가
  열한살 너의 봄 때문에 사람들이랑 잘 못 놀아준 봄들을
  돌려세우는 저녁이란다

식물일지 2003

오래도록 수입이 꾸준하던 일을 그만두었다
새처럼 허공에나 기대어보기로 했다

텅 빈 한낮이면 햇빛에도 이마 아프고
줄어든 입과 혀엔 멀미가 깃들었다
종일 펼쳐든 식물도감 속
물봉선 개바위채송화들로부터
'족도리꽃은 잎에 가려 안 보인다'거나
'꽃잎의 수가 꽃마다 다른 이유는
곤충도 모르고 꽃도 사람도 모른다'는
전갈만 왔다

저녁이면 버드나무같이 휘어진 노을 아래
먹은 것 없이 토하고
그렁그렁한 양팔에 의자와 지게와 사다리가
번갈아 얹혔다

전화 다시 울릴 때마다

허공을 파나가는 광부 나비도 나쁘지 않겠지만

바닥 일구는 견마도 괜찮다

다시금 침엽수림의 장터가 떠오르기도 했다

해질녘

한낮 내내 소방차 소리 끊이지 않더니

봄 진달래 불길 저녁 강물에까지 번졌다
흰구름 끝없이 말아쥔 구백구십구칸
저녁 하늘에까지 옮겨붙었다

내 몸까지 멀지 않았다 저녁의 심정이 또 위태롭다
코끼리처럼 펄럭대는 내상
그 진흙천지 속 무엇을 건져 얼마나 멀리 도망가랴

세상에 정 주고 저물녘, 마음 허물어지지 않은 날
하루도 없으니

불참

너무 허름한 기분일 때 사람들은 무엇을 하는가
미안하다 오후 여섯시여, 오늘 나는 참석지 못한다

겨울, 부석사, 농구

겨울 오후 네시 반 부석사 텅 빈 사과밭 길을 달리다
그가 문득 초등학교 교문 앞에 차를 세웠다
트렁크 속 농구공은 겨울배같이 단단하고 차가왔다

햇빛 쪽 장대그물은 이미 염색머리 동네청년들 차지
였다
벗어젖힌 맨몸들에서 김이 무럭무럭 올랐다
응달 쪽 그물 앞 우리도 겨울산을 향해 공을 띄웠다
콘크리트 같던 어깨가 천천히 풀려가고 김이 솟고
조금만 더 애쓰면 풍문으로만 들어온 날개가 순간
활짝 솟아오를 듯했다
몇번만, 단 몇번만 더 하면 될 듯했다

그러나 얕은 물사발 같은 겨울 해 금세 엎어지고
차가운 저녁 산그림자 어느덧 발목까지 내려왔다
멈춰선 동네청년들 농구공 접고도 쉽게 떠나지 못하
더니

중국집 오토바이며 일그러진 소형트럭에 올라타
어둠 서린 운동장 안을 미친 듯이 돌기 시작했다

새파란 불꽃에 그물이 찢어지고
교문이 뚜벅뚜벅 밖으로 걸어가고
우리도 날개가 담겨 있는 농구공을
차 트렁크에 다시 넣었다

문밖의 문

당신들에게 있듯 내게도 있고
내게 있듯이 당신들에게도 있는 것

문밖 강물과 물고기들 어룽대는 소리
어깨보다 큰 귀에 잡히는 바람의 무늬
물푸레나무 밑의 나무의자
촘촘한 그물과 십자방아쇠
숨기고 싶다가도 슬쩍 들켜버리고 싶은 사진
슬프므로 떳떳한 흉터 끌고 가다가다 버릴 이름
흰구름의 유랑의 전설

세상에 없듯
당신들에게도 없고 당신들에게
없듯 내게도 없는

첫눈

하고 싶은 말 다 해버린 어제가 쓰라리다

줄곧 평지만 보일 때 다리가 가장 아팠다

생각을 안했으면 좋겠다

인간론

1

옳지 않다
나는 왜 상처만 기억하는가
가을밤 국화 줄기같이 밤비 내리는데
자꾸 인간이 서운하여 누군가를 내치려보면
내가 내게 너무 가까이 서 있다
그대들이여, 부디 나를 멀리해다오, 밤마다
그대들에게 편지를 쓴다

2

물 주기도 겁나지 않는가
아직 연둣빛도 채 돋지 않은 잎들
동요 같은 그 잎들이 말하길
맹수가 아닌 갓 지은 밥처럼 고슬대는 산양과
가슴 한가운데가 양쪽으로 찢긴 은행잎이

고생대 이후 가장 오래 세상을 이겨왔다 한다

   3

관상(觀相)에서 제일 나쁜 건 불 위에 올려진 물 없는
주전자 형상이라지 않는가
바닥 확인하고 싶으면 가끔 울어보라 한다

애인도시
애정성시

2005년 을유닭은 도화볏 유달리 붉은 닭이라, 온 나라 안 분홍도화 앵화꽃들 번성해 바람 속마다 문틈마다 홍염살 분분하리라는 역술 점괘의 해

온동네 베이커리 케이크 조각 같은 애인들과 안에서는 유리창 바깥에선 거울인 검은 유리창 앞 립스틱을 바르는 애인들과 전봇대 고압선에 걸린 풍선 속 애인들과 붉은 도장을 만난 애인들과 겨울 밤하늘 염소와 만나 촛불 켜든 흰 면사포로 내의를 해입은 애인들과 기러기 흉내를 내는 샤갈 풍의 애인들과 얼굴 갈기갈기 눈물 젖은 피카소 풍보다 윤곽 뚜렷하여 눈에 곧 짓밟힐 고갱 풍의 애인들과 초록 페인트칠의 집에 숨은 모딜리아니 풍의 역삼각형의 애인들과 심장을 눕혀버리는 마크 로스코 풍의 심해 바닷속 애인들과

탁구공처럼 짧은 흰색 스커트 뒤집히는 애인들과 혼인으로부터 비로소 시작되는 옆집의 애인들과 제라늄이나

흰 발코니 이국풍에 창호지 꽃잎 넣은 문살의 애인들과
비오는 날이면 붉은 간판에다 몸을 쬐고 싶다는 애인들
과 야생마같이 남의 집 골목에서 길길이 뛰는 애인들과
무릎 밑의 애인들과 콧잔등 위의 애인들과 온세상 끝도
밑도 없을 애인들과 똑딱단추처럼 똑딱대는 애인들과 돌
이켜보면

　애인 없을 때만 인간 같았던 날들의 달리아꽃들 애인
없는 저녁의 먹먹하도록 눈부신 음악들 사람인 적도 아
닌 적도 없는 날들의 사과꽃 배꽃 복사꽃 분간되지 않는
시절에 초코시럽 같은 밤이 곧 끼얹어지리라 애정성시,
그 분분함 속 그 누구도 아무도 만나지 못했다는 풍문이
울며 만든 사루비아꽃 불타는 슬픔이

　눈부시도록 먹먹한 도시에서

생화

생생한 꽃들일수록 슬쩍 한 귀퉁이를
손톱으로 상처내본다, 피 흘리는지 본다
가짜를 사랑하긴
싫다 어디든 손톱을 대본다

햇빛들 목련꽃만큼씩 떨어지는 날 당신이
손톱 열 개
똑똑 발톱 열 개 마저 깎아준다
가끔씩 입속 혀로 거친 발톱결 적셔주면서

신에게 사과했다

제4부

마음이 마음을 낳다

생심기

마음이 마음을 낳으니
일백칠십오년 석화바위 속 깃들었다가
그리움 풀려나 뜻밖의 마음과 납작꽃 언약을 하고
나뭇잎 지니 이전의 마음과 이후의 마음이 서로를
알아보지 못하고 마음이 마음을 참되다 못하니
때로 마음 권좌에 올라
이백년을 열두 그루 가시종려나무
마음에 마음 아닌 것 심어 다툼 그치지 않고
본 적도 없이 본 듯한 마음과 아무리 봐도 모르겠는
마음이
이백삼십년의 폭우에 잠겨드니
찾으러 보낸 낙타마다 가서 아직 돌아오지 않으니
헛되고 헛되어

땅끝까지 마음만 살아 전해지리니

그들의 중년 1

필라멘트 같은 골목
화분으로 누빈 대문과
물로 지은 벽들

푸성귀처럼 싱싱한 숨과
귀를 터뜨리는 기차소리
바닷물 내음을 톡 쏘는 지느러미

한 정신과 의사는 폭우 오는 날이면
한낮부터 문 닫고 멀고 따뜻한 고향 같은 방에 있고 싶다
모두의 마음에 그런 방이 있다 했다

폭우 며칠째 계속되던 어느 여름날
꽉 막힌 도로 위 차 안에서
붉고 외진 네온싸인 성곽에서
나오는 그와 어린 여자를 봤다

그들의 중년 2
명함

황금빛 은행잎들 폭풍 같던 시월이었다
여의도 한 빌딩 앞에서 동시에 멈춰섰다

폐인 된다더니 아득한 십몇년 만에 내미는 명함 속
공사 끝나가는 붉은 벽돌 성당이 환했다
쏟아지는 햇빛 속 걷기 싫을 때, 손톱 밑 가시 박혔을
때, 비싼 음식 맛없을 때, 돈 꾸고 갚기 싫을 때 쓰라던 그

명함

돌아와 베란다 저 먼 곳, 공사 끝나가는 성당
십자가 다 올려지면 가서 많이 뉘우치리라 했던 곳
슬며시 날려보내자
마당에 선 아직 손질 남은 성모마리아 두 손 벌려
그 흰눈
다 받아든다

나의 노파

 팔순 머잖은 노모, 또 문득 서해바닷가 새 사업을 벌였
다 까치 모텔과 캘리포니아 민박집, 출생병원에서 뒤바
꿔었을 두 이름들 바다 쪽 창문의 은밀한 연인들에게도
접수대 노모, 찬송가 소리를 더욱 높일 뿐 복도에는 곳곳
마다 파꽃 같은 십자가 표지판이 서고 삼십개가 넘는 방
마다 목덜미가 붉은 성경책들에 새벽 방언소리가 번졌다

 멀지 않은 노파집 마당에는 가설교회도 한 채

아무도 캘리포니아에서는 민박하려 하지 않았다
아무도 까치에서는 쉬었다 가려 하지 않았다

 # 2

저녁 바다 해송만 내다보는 몇십개의 빈방들 적자는

누가 메워줬나 어느날 문득 마당의 꽃들과 일곱 마리 고양이들 처분하고 또 천하무연고의 먼 낯선 소금마을 바다색 지붕 새로 올린 노파의 전화 속 희망은 온통 진기한 물고기떼여서 서른한 살이 적은 내 쪽이 할 수 없이 더 오래 오래 늙었다 이번엔 방이

#3

세 개뿐이다 가장 큰 것은 설교대와 자줏빛 헌금통과 들꽃 같은 가설교회 몫이다 목사도 신도도 헌금도 주인 노파 한 사람뿐이다 날마다의 통성기도 치와와같이 마른 노파, 이번 사업은 꽃나무들이다 갈 때마다 서른한 살이 많은 늙은 딸을 이 방에서 저 방으로 꽃나무 속마다 일일이 데려가 열어 보인다 그 방들에도 붉은 성서가 한 권씩 놓여 있다

소 한 마리씩이라는 검은 나팔꽃 씨앗들처럼

\# 4

수십개의 창으로 된 대형교회 그 필생의 꿈 이루면
거기 네 글씨방도 마련해주마, 나 그때쯤은 어깨 굳어
꿈도 없을 텐데요 콧등 주름진 노파의 멀고 푸른 미래
대신 나 주저앉을 때마다 속히 달려와줄 이 누구인가

자꾸 노모의 배후를 살피기 시작했다

해명

의사의 처방은 항상 속을 따뜻이 하라는 것이다

전기담요를 먹을까요
달걀 비린내 나는 뜨건 백열등이라도 먹을까요
장미무늬 양초와 끓어넘치는 주전자를 함께 먹거나
홧홧한 박하나 겨자를 얹으면 좀더 빠를까요
손 닿지 않는 그 안을 어찌 뜨겁게 달굴까요

차라리 개미를 믿지, 개미 지나간 길의 온기를 믿지
사람이건 꽃이건 비단견직물처럼 매끄러워
미덥지 않았다

책상이나 서랍만이 더러 눈물 보여주었다

저녁 불빛들로 들판의 겨울 한낮들 덮혀질 때마다

실은 얼마나 따뜻하고 싶었는지
끝내 말할 수 없었다

다정이 나를

누가 다정하면 죽을 것 같았다

장미꽃나무 너무 다정할 때 그러하듯이
저녁 일몰 유독 다정할 때
유독 그러하듯이

뭘 잘못했는지

다정이 나를 죽일 것만 같았다

자동응답기

1

집에 없니?…… 그래…… 여긴 어제는 가을비 오더
니…… 오늘은 가을볕 눈 시린 게…… 너무 좋기에……
그냥…… 생각이 나서…… 그래…… 그럼…… 잘 있
어…… 그냥 갑자기…… 그래…… 잘…… 근데 이렇게
일찍부터 어딜 갔니…… 없으니 얘기도 못하겠구나……
그래 그럼…… 그래…… 그럼 잘 지내고……

……이 가을햇살…… 너 다 가져라!…… 아
냐…… 나 우는 거 아냐……

2

나 지금 어떤 전화에도 대답할 수 없음은
가을 단풍잎들 내 입을 봉하고 있어서다

한 노스님은 한밤중 대웅전에 불붙은 것 봤지만

한마디 비명도 지르지 않았다 한다
묵언수행중이었으므로
불이 먼저인지 부처가 먼저인지
다만 불길들
인간의 담 타넘도록 듣기만 했다 한다

나 또한 입을 타넘어 담을 타넘기를 바래
당분간 단풍잎들 입에서 뗄 수 없음이다

종군기

오늘은 국군방송으로 일하러 간다
담당피디는 테너 성악가다
구내식당 식사 전엔 반드시 기도한다 하는 동안 나는
야채색 전쟁옷의 머리 짧은 남자들을 구경한다
창밖 라일락꽃잎처럼 그들도 다 합해 한사람 같다
나도 누군가와 다 합해야 한사람 아닐지
나 맡은 곳, 발가락이거나 겨드랑이 같은 곳이어서

내 입을 향해 떠넣은 한 수저 식사도
내 속에 닿는 느낌 없이 아무리 삼켜도 여전히 헛헛한
현기증 가시지 않고 언제나 허방이 디뎌지는 것인지
발목은, 심장은 또 누가 맡았을지
흩어진 부분들 다 찾아
어느날쯤엔가는 구석구석 온전히 다 내 것일지
돛단배 같은 수저에
국이 아니라 라일락 한 그루 떠올리려는 듯
기도 끝낸 이들 눈뜬 자리
나 비로소 눈을 감는다

서정의 흉가

목발 짚은 꽃과 나무가 사는가 앞마당 개나리 목련에서
날계란이나 생선 비린내가 나는가 혼자 남은 노인네
누런 속내의에 묵혀진 달빛인가 백년 묵은 애인의
흑백사진에 파먹힌 숲인가 귀 얇은 강물들
마을 어귀를 감아도는가
흰 눈자위 다 풀어진 구름이 지붕 위 자꾸 주저앉는가
어머니와 아이들 박쥐처럼 사악한가

흉가인가

이브, 너는 어디에 있었느냐

아내는 그때 만삭이었다 남편이 어깨에 민들레 같은 최루탄 흉터를 만들어왔다 그곳에서 봄 다음의 여름 같은 아이가 나왔다 이름이 새벽이었다 그후 해마다 아내는 넝쿨장미꽃 피는 유월에 새벽이를 낳을 준비를 한다

조금씩 이상한 일들 4
입관실에서

사과에서 녹내 나던 저녁, 한 사람의 숨이 멎었다

멎고 보니 사람은 흙으로 돌아가는 게 아니라
숱한 끈과 붕대와 마개로 돌아간다

움직이지도 못하는 시신의 무엇이 두려워 저토록
묶고 감고 메우고 막는 것일까
마지막 두 발 하염없이 묶일 때
화장실에 달려가 가슴끈을 풀었다

창 너머 칸나꽃이 크고 붉은 동물 같았다

그 세월에

그 세월에

고등어 살들 녹물처럼 짓무르는 시간
두부에 붉은 꽃무늬 번지는 시간
오이들 반 굽은 노파 되는 시간
뼈가 소금이 되고 소금들 검은 눈썹 되는 시간

그 눈썹들 모이고 모여 앉은 도마 위

손끝에 진주가 맺히는 세월에

독서 금지

진주목걸이 꿰던 하늘이 어느새 검정프라이팬이다 진
작 손 놓았어야 했다 도둑처럼 순식간에 담을 넘는다
너무 서둘렀던가 미처 떼버리지 못한 저쪽 주인공들의
애증이 옷에 지푸라기처럼 가득하고 구두 한쪽은 아무리

찾아도 없다

　도마 위 야채와 생선은 이미 풀이 죽고 걸음 느린 요리법은 아직 이쪽 몸을 따라잡지 못했다

　현관문은 닫은 기억도 없이 열리고 수저처럼 배 움푹 들어간 가족들 신발 신은 채 올라온다

　책만 아니면 오늘도 무사할 수 있었다 기름방울 같은 눈물이 탄다

또다른 날

　양파 같은 폭설 쏟아지는 날, 당근을 머리에 꽂고 날아가고픈 날

　노란 은행잎도 아직 주머니에 그대로인 날

　작은 부엌창 속의 몸 검정비닐 같은 날, 파리 같은 날

　더럽지만 잊을 수 없는 일생의 아름다운 또 하루

일몰의 기억들

한사코 감췄던 히아신스 빛깔의 어린 초경날,
맹장염인가 엄마, 처음으로 동네 병원에 데려갔다
의사 웃었다
지독히 못생겨서 사람들이 보기만 하면 자꾸
비웃는 거라고 생각했다

거듭무늬라는 문법용어를 발견한 날,
방송국 화장실 청소아줌마는 여자탤런트로 다시 태어
나고 싶다 했다
나는 아줌마로 태어날까봐 두렵다고 말하지 않았다

기차 타고 두 시간 걸려 간 곳, 단지 문 열기 쑥스러워
그냥 돌아왔고 종일 마음 쓰다 간 곳엔 아무도 없었다

매일의 짐작과 성격에 얼마씩을 지불하고 사는지
얼마씩을 벌고 사는지 힐끔 쳐다보다가 들키면
눈 둘 곳이 아무 데도 없었다

후회라기보다는 다만

오늘도 저녁 일몰이 좀 섭섭할 뿐이다

소란지심

상권

들판 가득
이름 아름답지 않은 개망초꽃들 지천이다

망하는 건
속으로 어떤 이름에 몰래 침 뱉을 때다
골목 뒤편에 숨은 채 갚아주겠다 벼를 때다
전적으로 네 쪽이 고약했다, 누군가를 팔아넘길 때다

바다의 권유

서해 저녁 바다에 무조건 혹해서였다 빚을 내서 샀던
작은 오피스텔 다시 빚으로 처분하러 가던 날
약간만 시(詩)적인 움직임도 무모와 구차가 되는 것
추운 저녁의 서울 바깥 걸음보다
시적 실패가 더 욕되어 의자 뒤로 바짝 몸을 숨겼다

깜박 든 잠을 무엇인가가 흔들었다
실패를 가져다준 그 바다였다
또 마중나온 것이다 또 실패하라고 눈발 속 등불 들고
물 위 흙으로 덮은 부동산업자처럼
서해 그 연주황빛 바다가 또 빚을 흔들어 보이는 것이다

요즘 내 문제는

한강철교 위 자살소동자처럼, 갓 스물의 미니스커트처럼
아슬아슬하지 않은 것
박살, 자주 나거나 자주 내는 것

　—나는 지금 거리를 걷고 있지만, 대체 나는 지금
　　무얼 하고 있는 것일까 염소처럼 종이를 우물대고
　　있지만, 대체 무얼 하고 있는 것일까

그렇게 물속 잉크처럼 번져 흐려지면서도 손목시계
처음 갖던 날을 기억하는 것 밤바다 앞의 파도들
상실되지 않는 것

　—마음먹고 심어도 피지 않을 수 있고
　　무심코 꽂아놓은 버들이 그늘을 이루기도 한다*

언제쯤 나는 나무가 나뭇잎한테 하듯이 할 것인가

　* 중국 고전 「현문」 중에서

108

부재에 홀리다

언제쯤부터였을까. 부재중이란 세 글자에 매혹된 게…… 저녁 어스름이나 라일락나무, 그리고 기와색의 흐린 11월에 사로잡힌 것만큼이나 오래된 것 같기도 하고 불과 한두달 전부터의 증세 같기도 하다. 시작이야 언제였건 아무래도 상관없다. 어디서든 '부재중'이란 팻말을 보면 가슴이 뛰었다. 그곳엘 간 다급한 용무도 잊을 만큼 뛰었다. 때론 '부재중'이란 작은 팻말을 찾아 선물가게를 기웃대기도 했다. 신분증이나 이름을 대야 할 때 그 작은 팻말을 대신 내보이고도 싶었다. 그건 롤랑 바르뜨가 아주 오래전에 말한 매혹적인 '부재'——상실이나 망각으로서의 부재와는 조금 다른 것이었다. 보다 더 장

소적이고 신체적이고 일시적인 어떤 것…… 당신이나 그대를 향한 심정적 부재가 아닌 지금, 여기에, 나는, 당분간 없습니다,라는 일상적이고 공간적인 부재에 대한 매혹이었다. 그러므로 바로 그 당분간의 부재 — 삼개월간의 부재자로 결정되었다는 통고를 받자마자 12월 말의 거리를 혼자 마구 쏘다니며 너무도 낯익은 거리들에 작별인사부터 해댔다. 당분간 나 이곳에 없을 거야…… 당분간은 날 볼 수도, 만날 수도 없을 거야…… 오랫동안 해왔던 방송일도 그만두었다. 부재중까지는 아직 두 계절이나 더 남았는데도 그랬다.

그리고 2008년 8월의 마지막 토요일. 미국 아이오와대학의 국제창작프로그램(International Writing Program)을 위한 게스트하우스 중의 한곳에 짐을 내렸다. 현관문 옆에는 십이간지 중 내 띠에 해당하는 동물이 새겨 있었다. 집은 그 동물이미지와는 달리 뾰족 지붕과 자주색 처마와 아름드리나무를 가진 작고 아름다운 목조 사층집이었다. 거기다 일층은 늦여름의 정원을 거느린 레스또랑, 이층은 심지어 나무 테라스를 가진 조용하고 깨끗한 서재 같은 헌책방이었다. 삼층부터가 두 개의 방이 있는 게스트하우스, 내 숙소는 사층의 다락방이라 했다. 은발의 주인 할머니를 따라 삐걱대는 나무계단을 올라간 우리는 그 다락방문이 열리는 순간 일제히 환성을 터뜨렸다.

진녹색의 커다란 체크무늬 침대보가 덮인 침대 위로 눈부신 햇빛이 쏟아져내리고 있었다. 누우면 바로 하늘이 마주보일 커다란 격자무늬 유리천창이 있었던 것이다. 그 옆으로는 커다란 목조 바람개비팬이 느린 바람을 내려뜨리고 있었고 그 정갈한 바람 아래로 자주색 테두리의 책상과 연두빛 흔들의자와 크고 작은 오렌지빛 램프들, 그리고 초록의 공원이 한가득 들어오는 창문이 있었다. 영화에서만 보던 방이었다. 동행한 외국작가들은 숙소 중에서 가장 아름다운 방 같다며 연방 축하의 말을 건넸다.

그랬다. 내 방이 제일 아름다웠다. 다운타운의 게스트하우스 이곳저곳에 흩어진 삼십여 개 작가들의 숙소 중에서만이 아니었다. 그해 가을, 그 도시의 모든 방에서, 아니 지상의 모든 방 중에서 내 방이 가장 아름다웠다. 가장 아름다워야 했다. 그곳이 미국이 아니라 아프리카 오지였어도, 천장의 격자유리창과 창밖 공원풍경들이 없었어도 그래야 했다. 그 방…… 부재중의 마음을 이룬 방이자 전업시인으로서 오롯한 나만의 첫 문학숙소였기 때문이다. 그 첫 숙소에서 해야 할 가장 큰일 중엔 네번째 시집 준비도 포함되어 있었다.

그러나 역시 아름다움이 다일 리 없다. 지상에서 가장
아름다운 방은 동시에 가장 불안하고 누추하고 위태롭기
도 했다. 일주일도 채 되지 않은 어느 한밤중, 여름의 잔
재가 쏟아내는 천둥과 번개가 그토록 아름답던 천창에서
바로 이마로 들이닥쳤다. 금세라도 얼굴을 산산조각낼
기세였다. 다락방만 아니라면 천창만 아니라면 훨씬 덜
했을 텐데, 떨면서 천창을 담요로 가려보려 애썼다. 그러
나 버둥대다 나뒹구는 바람에 오히려 램프가 넘어지고
물잔이 넘어지고 흔들의자가 저 혼자 마구 흔들거렸다.
와중에도 번개와 천둥은 끝없는 옥수수밭 한가운데 놓인
시골도시에서 가장 가깝고 또렷한 표적을 찾은 듯 천창
으로 마구 몰려들어왔다. 끝내 담요를 둘러쓰고 후둘대
는 맨발 끝으로 어둠속을 더듬어 나무계단을 내려갔다.
씨리아 작가의 방문을 두들기고 싶은 충동을 억지로 참
으면서 거실 쏘파에 웅크리고 앉았다. 이것이 그저 여성
적인 귀여움이나 어리광으로 치부될 수 있는 겁 수준의
두려움이라면 얼마나 좋겠는가. 그러나 밤의 긴 골목길
이나 버스의 빠른 속도나 천둥번개 같은 극히 하찮은 것
들을 통해 기습해드는 불안은 언제나 순식간에 정신과

인생 전체를 망쳐버릴 듯 크고 지독하다. 아마 인생의 삼분의 이는 그 지독한 공황과 싸우는 일, 혹은 그 공황이 탄로나지 않도록 태연을 가장하는 일에 썼을 것이다. 덕분에 지금까지 태연한 듯 무사히 살아내는 데 성공했을지도 모르겠다. 하지만 그 태연 밑에 숨은 안절부절과 좌절과 상처와 자학 들이 시와 일상의 안팎을 수시로 서성이는 건, 수시로 조금쯤 이상한 실수와 실패를 거듭하게 하는 건 싫어도 막을 수가 없었다. 낮에 읽었던 책이 떠오른다. 서랍 속에 누군가가 남겨놓고 간 그 책은 현관문옆 동물그림에 이어 두번째로 낯선 나라에 미리 와 나를 기다려준 물건이었다. 순전히 다른 영어책보다 좀 쉬울듯해서 펴든 그 책에서 한 아일랜드 작가는 쓰고 있었다. "홀로 글을 쓰다가 갑자기 환한 대낮에 나가 사람들과 얘기를 할 때면 말의 능력을 상실한, 완전히 비사회적인 나를 느낀다…" "부러진 구두굽 때문에 급하게 새 부츠를 사 신었는데 행사장에 가서 보니 부츠가 짝짝이였다…" 바로 내 얘기였다. 글을 쓰다 나가면 세상과 세상 사람모두가 어색하고 적응되지 않아 툭하면 말을 더듬거나물컵을 쏟는 자. 단체버스 같은 거 타면 한사코 맨 뒷자리에 혼자 앉으려는 자. 가끔씩 비슷한 구두를 짝짝이로신고 일터로 가는 자. 늘 어딘가 그렇게 부족하거나 기울거나 떨어져나간, 보통사람처럼 살면서도 보통사람처럼 살아지지 않는 이상한 마음 때문에 늘 실수와 자격지심과 주저를 달고 사는 자…… 네번째 시집 제목은 '조금씩 이상한 일들'이어야 할까. 천둥과 번개는 어느새 가라앉아 있다.

다음날, 만난 작가들에게마다 간밤의 번개와 천둥 얘길 물어본다. 뜻밖에 아무도 본 작가가 없다. 내 방만이 유일하게 아름다운 천창을 가졌다는 증거라고, 내 고단한 공포 어디쯤에도 그런 아름다운 천창이 있을 거라고 다시 또 상투적으로 자위해본다. 그후로도 세번쯤을 더 어둠속 나무계단을 내려오며 아름다운 방과 공포를 한없이 원망한 주제에.

네번째 시집 원고를 본격적으로 책상에 올려놓은 건 도착한 지 꽤 지나서였다. 다시 방문 앞에다 부재중이라는 팻말을 내걸고 싶던 그날, 우선 맥주라도 한모금 마시고 시작하고 싶었다. 마트까지는 겨우 칠분 거리. 그 짧은 거리나마 오가는 동안 가을 저녁이 깊어지듯 내 시어들도 깊어지길 바라면서 가까운 뒷마당길을 두고 집 앞쪽 길로 나가 되도록 천천히 걷기 시작했다.

잔디마당과 몇개의 계단을 거느린 이삼층의 낮은 목조

집들과 그 집들의 머리를 쓰다듬는 듯 오래된 키 큰 나무들과 그 나무들에서 떨어져내리며 길을 뒤덮어가는 낙엽들과 택시와 버스가 거의 눈에 띄지 않는 한가한 도로들…… 도시이고 다운타운이라지만 어디든 다 전원이거나 공원이거나 산책로거나 이발소 그림 속 풍경이다. 걷는 걸 지독히 싫어하는 사람조차 저절로 걷게 만드는 풍경들이다. 그런데 유난히 느린 걸음을 알아챈 듯 차 한 대가 달려오다 멈춰선다. 조수석에 앉은 이가 고개를 내밀고 올드캐피털 몰이 어딘지를 묻는다. 온 지 얼마 되지 않았을 때부터 겪기 시작한 일이다. 다른 도시에서 왔음직한 미국인들은 내 동양인 외모에도 전혀 아랑곳없이 길을 물었다. 은행이 어딘지, 안경점이 어딘지, 치과가 이 근처라는데 어느 길로 가야 하는지, 길에 상주하는 설문조사원들도 주저없이 잠시만 설문에 응해줄 것을 부탁했다. 인종에 대한 깊은 속마음이야 어떻든 미국은 확고한 다민족국가임에 틀림없는 것이다. 마침내 흑인대통령을 뽑을 만큼 확고한. 여하튼 올드캐피털 몰이라면 월요일마다 작가들이 참여하는 대학생들의 문학수업이 있는 곳의 옆건물이니 쉽게 가르쳐줄 수 있다. 하지만 멀어져가는 차를 보자니 제대로 말한 것인지 짧은 영어가 불안해진다.

문득, 그랬던가 싶어진다. 가끔씩 생이나 시가 날 원치 않는 곳으로 안내하거나 간절하게 길을 묻는 데도 어깨만 으쓱한 채 가버린 것도, 어쩌면 정말로 길을 몰라서였거나 말이 서툴러서였던가. 그랬다면 화해하고 용서해야 하지 않겠는가. 그러나 일없는 그 너그러움을 비웃듯 격한 싸이렌 소리가 귀청을 가른다. 그 소리도 어느새 익숙한 일상이 되긴 했다. 큰 병원과 소방서가 멀지 않아서인지 사람 사는 곳엔 어디나 사고와 불행이 있게 마련이어선지 하루에 한두 번 이상은 그곳이 도시라는 것을 환기시켜주려는 듯 어김없이 격한 싸이렌이 조용한 시골마을을 뒤흔들어대곤 한다.

마트엘 가서는 또 망설인다. 문학소녀 시절, 평생을 담보로 삼고 나 자신과 한 약속이 세 가지 있었다. 문학을 하자, 경제적으로 반드시 독립하자, 그리고 그 두 가지가 하나가 되게 하자. 세번째 약속을 이루지 못한 채 다 늦은 저녁에서야 겨우 전업시인의 길을 택했다. 하지만 아직 일을 그만둔 지 몇달 되지 않았고, 혼자인 친구들이 자주 들먹이듯이 남편도 있다. 전업시인의 궁핍과 가난을 당장 염려하지는 않아도 되는 것이다. 하지만 일을 그만두는 순간부터 내 고유의 경제의식은 이미 극빈층이라는 전업시인 쪽으로 건너갔다. 시의 비경제력이 어느 정

도인지를 전면적으로 실감하고 대처하느라고도 그랬지만 막상 다달이 확인되는 '독자적인 수입 0원'의 느낌도 짐작보다 훨씬 더 황량하고 다급했다. 거기에다 혼자만 부재중의 아름다운 공간과 시간을 누린다는 미안함까지 더해져 극히 독자적이면서 단순한 극빈의 생활을 결심하고 온 터였다. 마트에 갈 때마다 생필품 아닌 것 앞에서는 아무리 간절해도, 아무리 일이 달러짜리여도 늘 몇번이고 망설였다. 그러다 놓고 돌아서기가 대부분이었다. 청승이고 엄살이라기엔 나름대로 매번 절박한 결단이고 인내였다. 결국 맥주도 넓은 마트를 두 바퀴쯤 돌고 난 뒤에 beer라고 씌어진 것 중에 가장 싼 것을 한 병 집어 들었다.

　방에 돌아와 어느새 어두워진 창 앞 원고 곁에 맥주를 내려놨다. 그리고 이 정리작업이 너무나 큰 막막함이 되지 않기를 빌면서 한모금 마셨다. 그러나 채 다 넘기기도 전에 뱉고 말았다. 맥주가 아닌 완벽한 활명수였다. 한모금도 채 되지 않는 양에 어느새 입과 뱃속과 머릿속이 홧홧하고 따끔할 만큼 강한 활명수였다. 정신이 다 번쩍 들었다. 나중에 알았지만 그 비어는 맥주라기보다는 약초로 만든 특별한 음료수였다. 결국 속 차리라는 경고로 여기며 고스란히 세면대에 따라 버렸다.

그동안 일상에서든 시에서든 새롭게 정신 차리려 노력했던 부분은 '고요와 묵언'이었다. 현대인에겐 거의 폐기 처분 항목에 속할 그것들이야말로 시와 인간의 근본 질량을 유일하게 회복시켜줄 수 있다고 믿었던 것이다. 하긴 그 믿음 때문에 오히려 벗어날 수 없는 본질로서의 바닥인 동시에 최악의 저점으로서의 바닥인 언어를 동시에 소지한 인간에 대한 실망과 자학이 더 깊어지기도 했다. 그러면서 인간에 대한 험담이 더 늘기도 했다. 하지만 처음으로 인간과 나 자신을 좀 두둔해주고 싶은, 인간을 향한 근본적인 애정과 신뢰도 더불어 생겼다. 그 두둔에 '다정'과 '겹'이라는 단어들이 찾아들어와준 것 또한 시적 형상화의 성공 여부에 상관없이 내 마음엔 큰 소득이었다.

마트에서 좀더 올라가면 다운타운의 거리 한편으로 쇼윈도우를 잘 꾸며놓은 옷가게가 나온다. 화려하게 보이나 헌옷도 함께 파는 중고 옷가게다. 다 입고 난 옷 몇가지를 챙겨들고 그곳에 간 날도 있다. 서울서 가져올 때부터 이미 입고 버릴 것으로만 챙겨온 낡은 옷들이니 망설이다 간 것인데 점원은 주저없이 계산기를 꺼내들었다. 그녀가 아주 적은 액수에 해당할 계산서를 작성하는

118

동안 낡은 옷을 사 입을 미국의 한 소도시 사람들 위로 서울이라는 대도시에서 잔뜩 묻히고 살았을 어떤 범람과 과잉이 계속 겹쳤다. 내 시가 갖고 있을 어떤 범람과 과잉도 겹쳤다. 대도시의 범람과 과잉은 쉽게 읽히는데 자신의 그것들엔 계속 변명과 합리화가 따른다. 그 변명과 합리화를 향해 보란 듯이 시의 잔가지들을 가차없이 쳐내고 싶은 다급한 마음이 솟는다. 그러나 그런 다급함은 때론 개악을 낳기도 한다. 가게를 나와 헌책방으로 가 되도록 시간을 끌며 세 권의 책을 산다. 그리고 제법 풍요롭고 단단해진 듯한 마음으로, 아무것도 변명하거나 물리지 않아도 되는 듯한 마음으로 돌아온다.

하지만 방에 들어서서 원고를 보자마자 시라는 장르 자체가, 시인이란 사실 자체가 너무 가혹하게 느껴진다. 시인으로서 얻은 아름다운 방과 부재의 기쁨도 전혀 위로가 되지 않을 만큼 가혹하다. 왜 하필 시인이 되었을까. 누구나 다 제 일이 가장 힘들게 느껴지기도 하는 거겠지만 시인이란 게 가장 고통스럽고 그러면서도 쓸모없는 존재인 듯 쓰라리다.

흠, 가장 고전적인 주제죠.
육개국어를 하는 여교수 나타샤가 세 개의 패널토론

주제 중 내가 택한 '나는 왜 쓰는가'를 보고 빙긋 웃었다.
그러나 언제나 가장 새로운 주제기도 하죠,라고 대답하
고 싶었으나 말이 속사포인 그녀의 화제는 벌써 다른 데
로 옮아가 있다. 그렇지 않다 해도 대답할 기운도 의지도
하나도 없었다. 이국땅에서 잔뜩 앓아누운 몸과 마음엔
남의 나라 음식도, 언어도 다 허망하고 쓸쓸했다. 영어
알파벳들이 온통 무의미한 수학부호처럼만 느껴졌다. 번
역의 중요성을 물리도록 실감하는 날들이면서도 번역은
시를 전부 다 잃게 한다는 마르셀 프루스트의 말이 더 가
까운 날들이었다. 시에 관한 한 그 어떤 대단한 번역도
미개언어에 가깝게 느껴진 것이다. 하지만 윌리스 반스
톤의 말에도 고개를 끄덕이지 않았는가. 시든 소설이든
뭔가를 쓰는 일 자체가 이미 번역행위라는, 세상을 자신
의 시선과 언어로 옮기는 번역행위라는 그의 주장에도.
어쨌든 왜 시를 쓰는지 문학적인 답을 준비해야 했다. 먼
지니 슬픔이니 저녁이란 단어들을 가져다가 뭐라고 뭐라
고 쓰긴 쓴다. 다음날, 다른 작가들의 대답은 얼마나 멋
지고 유창하고 그럴 듯할까, 더욱 기운 빠진 몸과 마음으
로 시민도서관의 토론장소에 갔다.

그런데 뜻밖에 나머지 작가들의 발표문은 거의 다 비
슷하다. 왜 쓰느냐고 묻지 마라. 무슨 대단한 대답을 기

대하지 마라. 나도 모른다. 그냥 쓸 뿐이다… 발표 뒤 어떻게 하면 작가가 될 수 있느냐,는 청중의 질문에도 대답이 똑같다. 별 방법 없다. 그냥 많이 읽고 많이 써라… 나도 저렇게 솔직했으면 됐을 일을 그럴 듯한 대답을 지어내느라 괜한 고생을 했다. 왜 쓰는지, 어떻게 쓰는지 물어보기도 전에 마음이 끌려버리거나 몸에 배어든 일이었는데, 그러니까 정확한 근거를 알 수도 없고 대기도 힘든 일인 건데. 창작뿐인가. 삶이나 죽음에 대해서도 인간이 아는 정확한 근거는 아무것도 없다.

그해 여름,
꽃무늬 비닐장판 같은 게 인생에 마구 쏟아져들어왔다
밤 열두시 십분의 택시기사는 차를 마시자며
이대로 헤어지면 다시 만날 확률이 7만 5천 분의
1,이라고
어디 근거인지 모르겠으나,

75만 분의 1인 사랑도 매일 그냥
스쳐간답니다
(…)

모르겠으되,

7천 5백만 분의 1로 마주쳐도
스치고 마는 눈빛도 있답니다
(우리가 만난 건 어쩌면 0퍼쎈트의 확률 덕분!)
어디에도 무엇에도 아직 아무 근거도
모른다 합니다 늘 지독한 비닐꽃무늬의 여름들이라
합니다.

—「사랑의 근거」 부분

하지만 알면서도 때론 사랑이든 시든 그 근거가 못 견디게 궁금할 때도 있는 것이리라. 아주 사소한 일상의 흔적들 속에 실은 인간이 모르는 어떤 맥락이나 연관이나 근거가 내포된 듯 좀더 캐보고 싶을 때도 있는 것이리라. 가령 시 속의 그날밤 택시기사가 내게 7만 5천 분의 1이라는 숫자를 들먹인 건 '한 승객이 같은 택시기사가 운전하는 택시를 다시 타게 될 확률' 같은 흔한 조사결과에서 얻어온 것인지도 몰랐다. 혹은 그저 택시기사 혼자 그럴듯하게 지어낸 숫자일 수도 있었다. 그럼에도 갑자기 7과 5라는 숫자 속에 인생의 어떤 대단한 이치나 근거라도 담긴 듯 두 숫자가 이상하게 강렬했다. 택시기사의 농이 아니라 그 숫자의 알 수 없는 강렬함이 결국 근거에 대한 시를 쓰게 했다. 그런 숫자를 어느날 도서관에서 문득 다시 만났다. 도서대출증을 만든 날, 바로 앞에 대형마트에서나 쓰는 바퀴 달린 카트에 책을 잔뜩 담은 이가 서 있었다. 도서관 직원인가 싶었는데 그곳의 주민이었고 그 많은 책이 다 그날 빌리려는 책이었다. 한번에 대출할 수 있는 도서나 씨디의 합이 75개였던 것이다. 도서관의 서가 하나를 다 들어내야 할 듯한 그 대출 분량을 한 시골 도시의 도서관이 애초에 어떻게 결정했으며 또 감당하고 있는지! 반복해서 출몰하는 7과 5라는 숫자 앞에서 나는 아주 사소한 어떤 반복과 기미와 연관들이 실은 한 인생의 깊은 관통과 근거가 아닐까, 오래도록 생각했던 것이다.

여섯시 전후, 도서관을 나서다보면 온 대기에 저녁노을이 가득하다. 장관이다. 서울에서도 그랬다. 어디서든 저녁노을은 장관이다. 하찮은 먼지와 빛의 굴절이 이루는 그 아름다움을, 그 빛깔과 의미를 그려내고 싶어 애를 쓴 지도 꽤 오래됐다. 무엇이든 가장 좋은 게 생기면 갖다주려고, 없으면 만들어서라도 갖다바치려고 제목도 많이 만들어두었다. 저녁에 바치다, 미안하다 저녁이여, 저녁의 답장, 저녁이 오는 순서… 거기 담겨질 언어만큼은 공포나 고통보다 한쪽 귀를 만져주는 듯한 따뜻하면서도 아늑한, 슬프면서도 고요하고 과묵하고 기쁜, 지구상에서 가장 오래 견뎌온 존재라는 은행나무와 산양같이 낡고도 온순한, 더러 분홍색을 띠는 언어들을 찾아주려 특히 애쓰기도 했다. 생각만큼 잘 갖다주고 찾아다주었는지는 자신할 수 없다. '고통을 달래는 순서'나 '사랑의 근거'를 모르는 나로선 그냥 늘 이유도 근거도 없는 듯 마음을 홀리는 어떤 기척을 따르려 좀 애썼을 뿐이다. 인간이 인간을 만나거나 떠나는 기척, 허공으로 보이지 않는 기차가 지나가는 기척, 구름과 먼지가 겹치는 기척, 저녁이 어깨에서 기울어 내려가는 기척, 부재하는 듯이 보이는 것들의 기척 같은 것들을……

　이제 그동안 정리를 위해 공책에 옮겨적은 시를 돌아갈 짐 가방에 넣는 대신 책상 서랍 속에 넣는다. 먼 땅에 두고 감으로써 또다른 시작을 할 수라도 있는 듯.

■
시인의 말

   돌아오니 11월이 다 끝나가는데도 아파트 화단엔 들국화와 진한 은행잎들이 아직 남아 있었다. 노란 줄무늬의 길고양이도 여전했고 베란다에서 내다보는 저녁빛도 그대로였다. 반가웠다. 그런데도 여전히 전화기를 끈 채 계속 부재중인 체했다.

   시집이 나오는 날 다시 켜든 전화기 속으로 몇몇 가까운 이들과의 나지막한 대화가 있으면 좋겠다. 그 대화 중에 문득 창밖으로 흰 눈발 날려 모두가 그쪽으로 눈길 향한 채 저마다의 아득한 생각에 잠기는 저녁이 있었으면 좋겠다.

2008년 12월
김경미

창비시선 296

고통을 달래는 순서

초판 1쇄 발행 / 2008년 12월 29일
초판 15쇄 발행 / 2024년 9월 6일

지은이 / 김경미
펴낸이 / 염종선
편집 / 박신규
펴낸곳 / (주)창비
등록 / 1986년 8월 5일 제85호
주소 / 10881 경기도 파주시 회동길 184
전화 / 031-955-3333
팩시밀리 / 영업 031-955-3399 편집 031-955-3400
홈페이지 / www.changbi.com
전자우편 / lit@changbi.com

* 이 책은 한국문화예술위원회의 2006년도 문예진흥기금을 받았습니다.